CATALOGUE

D'UNE COLLECTION

D'ESTAMPES ANCIENNES

D'après des Peintres & par des Graveurs

DES XVIme, XVIIme & XVIIIme SIÈCLES

Un grand nombre de Portraits

FRANÇAIS ET ÉTRANGERS

DONT LA VENTE AUX ENCHÈRES PUBLIQUES AURA LIEU

HOTEL DES VENTES MOBILIÈRES
RUE DROUOT, 5,

SALLE N° 3,

Les Jeudi 15, Vendredi 16 et Samedi 17 Janvier 1857, à une heure.

Par le ministère de Me **DELBERGUE-CORMONT**,
Commissaire-Priseurs, rue de Provence, 8.
Assisté de M. **DEFER**, Expert, quai Voltaire, 21,
chez lesquels se distribue le catalogue.

EXPOSITION PUBLIQUE
Le Mercredi 14 Janvier, de midi à 5 heures.

PARIS

MAULDE ET RENOU

IMPRIMEURS DE LA COMPAGNIE DES COMMISSAIRES-PRISEURS
rue de Rivoli, 144.

1856.

Mr Deverria //

CATALOGUE

D'UNE COLLECTION

D'ESTAMPES ANCIENNES

D'après des Peintres & par des Graveurs

DES XVIme, XVIIme & XVIIIme SIÈCLES

Un grand nombre de Portraits

FRANÇAIS ET ÉTRANGERS

DONT LA VENTE AUX ENCHÈRES PUBLIQUES AURA LIEU

HOTEL DES VENTES MOBILIÈRES
RUE DROUOT, 5,

SALLE N° 3,

Les Jeudi 15, Vendredi 16 et Samedi 17 Janvier 1857, à une heure.

Par le ministère de Me **DELBERGUE-CORMONT**,

Commissaire-Priseurs, rue de Provence, 8.

Assisté de M. **DEFER**, Expert, quai Voltaire, 21,

chez lesquels se distribue le catalogue.

EXPOSITION PUBLIQUE

Le Mercredi 14 Janvier, de midi à 5 heures.

PARIS

MAULDE ET RENOU

IMPRIMEURS DE LA COMPAGNIE DES COMMISSAIRES PRISEURS

rue de Rivoli, 144.

1856.

ORDRE DES VACATIONS

1re Vacation. . . . .   no   1 à 150.
2me Vacation.. . . . .   n° 151 à 300
3me Vacation.. . . . .   n° 301 à 468

Il sera vendu des lots d'Estampes, Sujets et Portraits de tous
genre, au commencement de chaque vacation.

CONDITIONS DE LA VENTE.

Elle se fait au comptant.

Les adjudicataires paieront cinq pour cent en sus des
enchères applicables aux frais.

DÉSIGNATION

DES ESTAMPES

1 — **Augustin Vénitien,** 1536. François Ier, roi
de France. Très-rare.

2 — **Baron** (Bernard), 1759. Sainte Cécile, d'après
C. Dolce.

3 — **Balechou.** Charles Rollin, d'après Ch. Coypel. Belle épreuve.

4 — **Bosse** (Abraham). L'Hôtel de Bourgogne.
Belle épr. d'une pièce rare.

5 — Les quatre Saisons, 4 pièces.
La Vue et le Goût. 2 pièces.
Le Graveur et le Peintre, 2 pièces.

6 — L'Adolescence et la Vieillesse. 2 pièces.
Les Œuvres de Miséricorde. 6 pièces.

7 — Les Vierges sages et les Vierges folles. 3 pièces.
de la suite des 7.

8 — Le Contrat, les Présents à la mariée, le Chau-
deau et l'Acouchée. 4 pièces.

8 bis. — La Vue, l'Adolescence et une copie allemande, le Contrat, et Donner à manger à ceux
qui ont faim, 5 pièces.

9 — Berger et Bergère, la Fileuse, le Ramoneur,
le Porteur d'eau, la Villageoise, la Musique
et la Rhétorique. 8 pièces rares.

10 — **Boullongne** (Louis de). Les quatre Éléments, suite gravée par Desplaces et Dupuis. Belles épr.

11 — **Drevet.** Bossuet en pied, d'après Rigaud, épr. avant les points. Manque de conservation.

12 — Louis XIV, d'après Rigaud.

13 — Le cardinal Dubois, d'après Rigaud. Belle épr.

14 — **Fiquet.** Descartes, Molière, Corneille, Montaigne, Régnard, Voltaire, J.-J. Rousseau.

15 — **Gérard.** Le duc d'Anjou proclamé roi d'Espagne, gravé par Johannot. Épr. avant la lettre.

16 — **Chezzi** (Cavalier). Caricatures de divers personnages de la fin du XVIIIe siècle pièces. Autres caricatures d'après Carrache; le docteur Misabin, d'après Watteau, etc. 23 pièces en tout.

17 — **Gheyn** (Guillaume de). Louis XIII enfant, à cheval. Portrait rare.

18 — **Grignon.** Ant. Vallot. Très-belle épr.

19 — **Houbraken.** Anne, impératrice de Russie; Sophie-Dorothée, reine de Prusse; Joseph, archiduc d'Autriche; Amalie-Auguste, duchesse de Bavière-Julier; Guillaume III. 5 p.

20 — Douze portraits, plusieurs avant la lettre.

21 — **Claude de La Ruelle.** Funérailles de Charles de Lorraine à Nancy. 10 p. sur 8 feuilles, gravées par Frédéric Brentel.

22 — **Lasne** (Michel). Henri Arnauld, évêque d'Angers; Isaac de Laffemas, conseiller; Henri Sponde, évêque; le même personnage; César Baron, ce dernier par Gaspar Isaac. 5 p.

23 — **Lenain.** L'École champêtre, etc. 2 pièces.

24 — **Leclerc** (Sébastien), 1680. Siéges de Douay, de Tournay; Défaite de l'armée espagnole en 1667. 3 p. d'après Le Brun; plus, le *Puer Parvulus.*

25 — **Lenfant** (Jean), 1651. Baudrant, d'après Dieu. Belle épr.

26 — **Léonard Gaultier.** Vue de Paris en 1610.

27 — Huit très-beaux titres de livres, dont un par C. Galle.

28 — **Louys** (Jean). Prince de Carignan, Ambroise Spinola. 2 p. Belles épr.

29 — **Masson** (Ant.). Pierre Dupuis, peintre de fleurs, d'après Mignard.

30 — Hardouin de Péréfixe, archevêque de Paris. Belle épr.

30 bis. — Comte d'Harcourt, d'après Mignard.

31 — **Matheus.** Louis XI en pied. Joli portrait, rare, coll. Mariette. 1652.

32 — **Meyssens.** Snyders, Padouan, Guide. 3 p. Belles épr.

33 — **Mignard.** La Famille du Dauphin, par Thomassin.

34 — **Morghen.** Montcade, d'apr. Van Dyck. Belle épreuve avant les contre-tailles sur la cuirasse.

35 — Portrait d'après Mirevelt. Épr. avant la lettre.

36 — **Morin** (Jean). Arnauld d'Andilly.

37 — Pierre Bertier, évêque de Montauban.

38 — N. Chrystin. Belle épr. d'un portrait rare.

39 — Honorine Grimberge, C^{sse} de Bossu, d'après Van Dyck.

40 — Le président de Maison. Belle épr.

41 — Michel de Marilhac, garde des sceaux.

42 — Jacques Tubœuf, conseiller.

43 — Le même personnage.

44 — Duverger de Hauranne, abbé de Saint-Cyran. Belle épr.

45 — De Villemontée, conseiller d'État.

46 — Nicolas de Neufville, marquis de Villeroy. Superbe épr.

47 — Le même portrait. Belle épr.

48 — Berthier, d'après Champagne.

49 — Christin. Très-belle épr.

50 — Henri II, par Morin; François Ier, Momerot, etc., par Montaigne. 5 portraits.

51 — Vierge et Enfant-Jésus, d'après Ph. de Champagne. (R. nº 19.). Belle épr.

52 — Saint Pierre, d'après Champagne. Belle épr.

53 — Le même, le Christ mort et la Vierge, 3 pièces.

54 — **Muller.** Albert d'Autriche, d'après Rubens.

55 — **Nanteuil** (Robert). Michel Amelot (20), Aubray (25), de Bailleul (27). 4 pièces.

56 — Blondeau (40), duc de Bouillon (50), Castelneau (58), Chamillard (59). 4 pièces.

57 — Jeannin (112), la copie gravée par Raph. Urbain Massard, Denis La Barde (115), Michel Le Tellier. 3 pièces.

58 — Chapelain (60), Emmanuel de Savoye (61), Hesselin (109), Hesselin (110), 1er état. 4 pièces.

59 — Phelippeaux de La Vrillière (123). Très-belle épreuve.

60 — Louis XIV (153). Belle épr.

61 — René de Longueil, marquis de Maisons. Belle épreuve.

62 — Novion (205), Payen Deslandes (210), Péréfixe (212), Regnauldin (216).

63 — Sarrasin (220), Pierre Séguier (222), Servien (225), Regnauldin (216). 4 pièces.

64 — Payen Deslandes (210), Servien (225), 1er état. 2 portraits. Belles épr.

65 — Michel Le Masle, 1658. Belle épreuve.

66 — Michel Le Tellier, de Mesgrigny, Payen Deslandes, etc. 4 portraits, par R. Nanteuil.

67 — Maurice Le Tellier, 1672.

68 — **Pontius**. Isabelle-Claire-Eugénie, infante d'Espagne, d'après Rubens. Belle épr.

69 — **Roullet**. Jean-Baptiste Lully, d'apr. Mignard. Très-belle épreuve.

70 — **Rousselet** (G.). Le Portrait, d'après Jean Lis. Rare.

71 — **Rubens** (D'après). Les portraits de Rubens et son frère, de Juste Lipse et Hugue Grotius. Tableau à la galerie de Florence.

72 — **Schmidt de Berlin**. De Caylus, évêque d'Auxerre; Bernouilli, par Schmidt.

73 — **Simon**, 1694. Louis XIV en pied.

74 — **Sompel** et **Suyderohoef** (Van). Les empereurs d'Allemagne, suite de 12 portraits et le titre; plus, Léopold, par Brouwer. 14 p.

75 — **Suyderohoef**. La Paix de Munster, d'après Terburg. Belle épreuve.

76 — **Tardieu**. Mlle Sophie-Louise-Willielmine de Lafont.

77 — **Van Dyck**. Son portrait, à la manière noire, par Vatson, épr. avant la lettre, et Montcada, aussi à la manière noire.

78 — Guillaume de Vos, P. de Breughel. 2 p. à l'eau-forte, par Van Dyck.

79 — Guillaume de Vos, P. de Breughel, Jean de Breuhel. 3 pièces à l'eau-forte, par Van Dyck.

80 — Iconographie de Van Dyck, peintre. 26 portraits gravés par Clouet, Galle, Baillue, P. de

Jode, J. de Neeffs, Lommelin, etc. Cet article
sera divisé.

81 — Soixante portraits de l'Iconographie de Van
Dyck, gravés par Bolswert, Baillie, Hollar,
P. de Jode, Lommelin, C. Galle, Pontius,
Waumans, Vorsterman, etc. Cet article sera
divisé.

82. — Marie de Médicis et diverses autres princesses.
7 portraits.

83 — Six portraits de la suite éditée par Jean Meyssens, dont Maria Ruten, femme de Van Dyck.
Très-belle épr.

84 — Marselar, ingénieur, par C. Galle. 2 épr., une
avant le mot *concis.*, de la coll. Devèze.

85 — Marie-Louise de Tassis, par C. Vermeulen; la
marquise de Wharton, lord vicomte de Cha-
worts, par Gunst. 3 pièces.

86 — Isabelle-Claire-Eugénie, infante d'Espagne, par
W. Waillant; Honoré d'Urfé, par Bailliu;
G. Honthorst, peintre, par Paul Pontius;
Fr. Snyders, peintre, par J. Meyssens; lady
Wharton, par R. Dunkarton.

87 — Comtesse de Southampton, par Marc-Ardell,
1758. Belle épr.

88 — Comtesse de Southampton et lady Wharton.
2 pièces.

89 — Charles-Quint à cheval.

90 — Charles Ier. Beau portrait. Charles Ier et Henriette
de France, par Pierre de Jode.

91 — Sept portraits de Charles Ier.

92 — Huit pièces de la galerie du Palais-Royal et du
Musée du Louvre.

93 — Neuf portraits gravés par Baron et à la manière
du crayon.

94 — **Van Schuppen**, 1657. Bordier, intendant
des finances, d'après J. Dieu.

95 — **Van Schuppen**, 1671. Henri, prince élec-
teur. Très-belle épreuve.

96 — **Vermeulen**, 1690. Portrait de Mignard,
peintre, d'après lui-même.

97 — **Vorsterman** (Lucas). Charles de Longueval,
d'après Rubens. Belle épr.

98 — **Wille** (Jean-George), 1743. Élisabeth Le
Gouy, femme Rigaud. Belle épreuve.

99 — Saint-Florentin, par Wille, d'après Tocqué.

100 — Diverses estampes historiques du xviiiᵉ siècle,
sur les jésuites; le diacre Pâris; États de Bre-
tagne. 18 pièces.

101 — Divers sujets historiques sur la Révolution, le
Consulat, l'Empire, la Restauration, etc. Caricatures, époque du Consulat. 32 pièces.

102 — Portraits et sujets gravés par Sadeler, Rousselet, Huret, Faithorne, Avril, etc.

103 — Louis XIV et Louis XV, Jacques II, roi d'Angleterre, Marie-Thérèse, archiduchesse et
reine de Bohême. 6 portraits gravés par Drevet, Edelinck, Wille, etc.

Portraits de Personnages français.

104 — Charlemagne, dessiné et gravé par David.

105 — Agnès Sorel, Jeanne d'Arc, gravées par Girardi,
Lemire et Cathelin, d'après des tableaux du
temps. 3 pièces.

106 — Valentine de Milan, d'après Richard, par Fau-
chery. Épr. av. l. l.

107 — Isabelle-Claire-Eugénie, infante d'Espagne, par
Jean Wierix ; Louis XIII à cheval, 1622 ; Ga-
mache, par Léonard Gaultier. 3 pièces.

108 — Nicolas Brulart de Sillery, par Léonard Gaultier. Superbe épreuve.

109 — Mathieu Cavaltius, d'ap. Dumoustier, par C. de
Mallery, 1604. Belle épr.

110 — François Ier et Charles-Quint visitant les tom-
beaux de Saint-Denis. d'après Gros; l'eau-
forte par Simonet jeune. Rare.

111 — François Ier et Henri III. 2 pièces.

112 — François II, Charles IX, le Dauphin, né en 1661,
ses trois fils. 6 portraits, par Sauvé et de
Larmessin. Rares.

113 — Henri IV, par Hondius, 1608, et neuf autres
portraits du même roi, par Gravelot, Eisen,
Demarcenay, etc., etc.

114 — Henri IV et Sully. 2 pièces, par Demarcenay.
Belles épreuves.

115 — Henri IV. 10 portraits de ce roi, gravés dans le
xviie siècle.

116 — Trente-trois portraits de Henri IV, gravés dans
les xviie et xviiie siècles.

117 — Vingt-et-un portraits de Henri IV, gravés par
Tardieu, Muller, etc.

118 — Vingt-cinq portraits de Henri IV.

119 — Henri IV et Louis XIV, par C. Hagen.

120 — Louis XIII, par Jean Brouwer. Rare.

121 — Louis XIII. Buste demi-nature ; il est vêtu du
manteau royal et a la couronne sur la tête.
Portrait du temps. Très-rare.

122 — Louis XIII et Anne d'Autriche. Deux portraits
pour l'ouvrage de Valdor.

123 — Rois de France. 41 portraits : Henri II, Henri III, Louis XIV et Louis XVI.

124 — Duc de Richelieu et Jules de Mazarin. 2 titres de livres, le premier par Charpignon, d'après Huret, l'autre par Rousselet, 1666. Belles épreuves.

125 — Six portraits : le grand Condé, le duc de Vendôme, de Castelnau, le maréchal de Belle-Isle, Henri de Lorraine, Tourville, etc.

126 — Bossuet en pied et le cardinal Dubois', par Drevet.

127 — Le marquis de Mirabeau, par Demarcenay.

128 — François Castanier, d'après Rigaud, par Gaillard. Très-belle épreuve.

129 — François Castanier; Frédéric Léonard, imprimeur; Julien, horloger; Voyer d'Argenson; Jérôme Bignon; Lamoignon. 6 portraits.

130 — Rousseau, Buffon, Ducis, S. Gessner, etc. 8 portraits.

131 — Voltaire dans son cabinet, gravé par Lanté Voltaire, d'après Latour.

132 — Achille de Harlay, premier président, et Marie Moreau, dame de Sancy. 2 pièces, par Th. Van Meerllen, 1652. Magdeleine Sibilla, princesse de Saxe, par Sandrart.

133 — Statue équestre de Louis XIV, fondue par Keller. Épr. sans lettre.

134 — L'Europe, 1663. Louis XIV et Marie-Thérèse. Rare.

135 — Louis-Auguste Bourbon, prince de Dombe, par E. Desrochers.

136 — Calliope de La Trémouille, abbesse Dupont, par Trouvain, 1681, d'après de Troy. Belle épr.

137 — Marie de Pardieu, René Lochon *del. et sculp.*,
1671. Très-belle épr.

138 — Henry de Beringhen, écuyer du roi, gravé par
B. Audran, 1710, d'après Nanteuil. Belle
épreuve.

139 — François René, marquis Du Bellay, d'apr. Bouis,
par Bernard; A. Duquesne, amiral, par Edelinck; le maréchal de Vauban. 3 pièces.

140 — Vandages de Malapeire, conseiller; Héliot, conseiller, par Bazin; Michel Begon : ce dernier
par Lubin. 3 portraits.

141 — Nicolas Barbo, par Van der Bruggen; Marie
Cadesne, femme du sculpteur Desjardins,
par Drevet. 2 pièces, d'après Largillière et
Rigaud.

142 — Cardinal de Bentivoglio, par Mellan; François
Perret, cardinal, 1645, par C. Bloemaert.
2 pièces.

143 — François Villani, évêque de Tournai, d'après
Lucas Franc, par P. Van Schuppen. Beau
portrait.

144 — Portrait d'un évêque, par R. Lochon. Belle
épreuve.

145 — Nicolas Larcher, docteur en Sorbonne, par
N. Bazin, 1693. Belle épreuve d'un beau
portrait.

146 — Jean-Jacques Olier, supérieur du séminaire de
Saint-Sulpice, par Boulanger.

147 — Théologiens, hommes d'église, religieuses, etc.
52 portraits.

148 — Ecclésiastiques célèbres. 15 portraits.

149 —   Id.   id.   9 portraits.

150 — Arnauld, cardinal de Richelieu, cardinal de
Fleury, l'abbé Terray, cardinal de La Roche-

foucauld, cardinal Polignac de Juigné, archevêque de Paris. 10 portraits, in-fol.

151 — Hommes d'église, gravés par Edelinck, Habert Drevet, Thouvain, etc. 13 portraits.

151 bis. — Personnages religieux. 50 portraits.

152 — Onze portraits de cardinaux, théologiens, dont Antoine de Noailles, de Juigné, etc.

153 — Aymont, premier du régiment de la calotte, par Ch. Coypel (23 R. D.) Le duc d'Orléans, régent, le marquis de Montcalm, par A. L. de la Live. 3 pièces.

154 — Mme de ?, en Vénus, d'après F. de Troy.

155 — Louis XV dit le Bien-Aimé, d'après André Bardou, par Fessard

156 — Louis XV à cheval, d'après Parrocel et Vanloo.

157 — Louis XV en pied en manteau royal, d'après Callet, par Cathelin, épreuve avant toute lettre.

158 — Louis XV à cheval, deux portraits d'après Parrocel et Lemire.

159 — Tombeau du maréchal de Saxe, par Pigalle, dans l'église de Saint-Thomas à Strasbourg. Épreuve avant la lettre, rare.

160 — Portraits de la noblesse militaire française du xve au xviiie siècle. 17 pièces.

161 — Maréchal de Villeroy, Pardaillon de Gondrin, Maximilien Émanuel de Lowendal, Villars, etc. 7 pièces.

162 — Julie de Vilneuve de Vence, petite-fille de Mme de Sévigné, par Romanet. — Mme de Graffigny, par Lévêque. 2 pièces.

163 — Marie-Louise Nicolas, femme de Desrues, célèbre empoisonneur, portrait rare.

164 — Jeunesse de Voltaire, jeunesse de Rousseau. 2
estampes d'après Steuben, par Blanchard.

165 — Molière consultant sa servante et la mort de
Molière. 2 estampes d'après Horace Vernet et
Vaflard, par Migneret, épr. lettres grises.

166 — Thomas Corneille, par Thomassin.

167 — Hommes de lettres, littérateurs français. Corneille, Boileau, Rousseau, Racine, Molière,
Crébillon, etc. 27 pièces.

168 — Hommes de lettres, par Ingouf, d'après Saint-
Aubin. 20 Portraits.

169 — Le Brun, Maria Serre, Joseph Roettiers, Maria
Serre. 3 pièces.

170 — Vincent Hotman, Jacques d'Auvergne, Duver-
gier de Hauranne, Lamoignon, F. Bourdon,
prince de Conti, etc. 5 pièces.

171 — Catherine de Vertamont, par Lombart,
Adrienne Le Couvreur, d'après Coypel.

172 — Rosalie Duplant, de l'Académie royale de musique; Sylvia, d'après de La Tour, par Surru-
gues. 2 pièces. — Sacchini, compositeur, par
Cathelin; belle épreuve.

173 — Brizard, Catherine de Sienne, Prêtresse de Vesta.
3 pièces.

174 — Pierre Jeliotte, Le Gros, Dessart, Le Kain, Pré-
ville, Catherine de Sienne et autres artistes
dramatiques de l'ancien théâtre. 64 pièces.

175 — Charlotte Desmares, Mlle Mars, Elleviou, Sorne

et de Mondoville, artistes dramatiques et mu-
siciens. 5 pièces.

176 — Charlotte Demares, gravé par Lepicié, en 1733.
Belle épreuve.

177 — Aubert, compositeur ; Servais, violoncelle.

178 — Costumes de théâtre et portraits d'artistes dramatiques des théâtres de Paris. 40 pièces.

179 — B. G. Sage, des académies royales, par Demarcenay.

179 bis — Inauguration du buste de Marat au tombeau
élevé sur la place de la Réunion, pièce rare.

80. Marat à la tribune, gravé au pointillé d'après Simon Petit, pièce rare.

180 bis — Pie VII, Bailly, Condillac, Jean de La Bruyère.
René Descartes, Boileau, Molière, Mme de
Sévigné, Berthier, Napoléon, Jérôme Napo-
léon. 12 portraits gravés en couleur, par Alix.

181 — Journée du 31 mai 1793, la Nuit du 9 au 10
thermidor, an II, Bonaparte, général en chef
de l'armée d'Italie, Brune, général. 4 pièces
gravées par Tassart.

182 — Napoléon Ier à cheval, gravé en manière noire
d'après C. Vernet.

183 — Bonaparte, 1er consul, 1802, portrait rare, gravé
en Angleterre.

184 — Sept portraits de Napoléon, empereur et José-
phine, impératrice.

185 — Moreau, Brune, Hoche, Lafayette, Desaix, Mas-
séna, Bernadotte, etc., etc., 21 portraits de
généraux.

186 — Bonaparte général. 5 différents portraits.

187 — Projet d'une statue équestre à l'empereur Napoléon Ier, lithographié par Devéria, avec autographe de l'auteur.

188 — Jérôme Napoléon en manteau royal, d'après Gérard, par Pradier 1815, épreuve avant la lettre.

189 — Portrait de Toussaint Louverture. On lit au bas : *Tout saint en général ne fait pas miracle; se vend au Cap.* Portrait rare.

190 — Dix-huit portraits, personnages célèbres de la révolution, l'empire, la restauration et le règne de Louis-Philippe Ier.

191 — Le général Colbert, d'après Gérard, par Jazet, épreuve avant la lettre.

192 — Clarke, duc de Feltre, ministre de la guerre, d'après Fabre, par R. Urbain Massard.

193 — Médecins et chirurgiens, Dubois, Corvisart, Broussais, etc. 28 portraits gravés et lithographiés.

194 — Neuf médecins.

195 — Louis XVIII en pied et en manteau royal, d'après Gros, par Audouin, épreuve avant la lettre.

196 — Pose de la première pierre du monument des victimes de Quiberon par Mme la Dauphine, d'après Couder; lithographié par Maurin, épreuve papier de Chine.

197 — Le duc de Richelieu, gravé par Lignon, épr. avant la lettre, papier de Chine.

198 — Delille et sa femme d'après Danloux, par Laugier.

199 — Neuf portraits, Desenne, Quatremère de
Quincy, Cuvier, Alexandre de Humboldt,
par M. Forestier, etc.

200 — Charles X, Laffitte, Dupont père, M Pasquier,
Mme Feuillet. 6 portraits, 2 épreuves d'eau-
forte.

201 — Louis-Philippe Ier, roi des Français, d'après
Chenavard ; par le procédé Collas.

202 — Louis-Philippe Ier à cheval, d'après Sauvied.

203 — Louis-Philippe Ier en pied, d'après Dupré ; par
Lignon.

204 — Louis d'Orléans, duc de Nemours ; lithographié d'après Winterhaler, par Léon Noël ;
épreuve sur papier de Chine, rare, n'ayant
pas été dans le commerce.

205 — Les portraits des membres du Gouvernement
Provisoire, 1848, dessinés d'après nature à
l'Hôtel-de-Ville.

206 — Portraits de personnages français célèbres dans
les armes, les sciences, les arts et les lettres ;
42 portraits.

207 — Légistes français ; 21 portraits

208 — Légistes français, Gardes des sceaux, Ministres
d'État, etc. 17 portraits par Tardieu, Poilly
Edelinck, Drevet, Pitau, etc.

209 — **Montcornet.** Portraits de souverains, princes,
princesses, généraux et personnages célèbres
sous le règne de Louis XIII, la plupart avec
leurs armoiries et qualités. 84 belles épreuves, deux lots.

210 — Femmes célèbres de toutes conditions, fran-

çaises et étrangères, aux xve, xvi et xvii siècles. 93 portraits.

211 — Portraits divers, français et étrangers. 57 p.

212 — Portraits de Desrochers.

213 — Jeanne d'Arc, deux sujets. Portrait de Mme Pasta. 3 pièces.

214 — M. Pasquier, chancellier, d'après M. H. Vernet, par Martinet; épreuve avant la lettre.

215 — Illustres Français, de Ponce et divers autres. 24 portraits.

216 — Vingt portraits par Mellan, M. Lasne, Edelinck, Bouys, Saint-Aubin, Moreau le jeune, etc.

217 — Littérateurs français aux xviie et xviii siècle, 42 portraits.

218 — Cent soixante-quinze portraits français et étrangers de tous états.

219 — Cent seize portraits des membres de la chambre des députés, portraits de Français de diverses époques. 116 pièces des suites publiées par Ambroise Tardieu.

220 — Portraits de personnages révolutionnaires, députés à l'Assemblée nationale, à la Convention, etc., de 1789 à 1793. 222 pièces.

221 — Cent cinquante-huit portraits de la suite d'Odieuvre, et les Flamands célèbres.

222 — Boucher, Fréron, de La Place, Pierre Diderot, Chauvelin, Crébillon, etc. 19 portraits dessinés par Cochin.

223 — Les augustes représentations des rois de France depuis Pharamond jusqu'à Louis XIII, par Delarmessin; très-beau d'épreuves. 62 p.

224 — Portraits de la Maison de Savoye. 31 pièces.

225 — Scènes de la révolution de 1789 à 1793, vignettes pour des livres de cette époque, et publications du Bureau des révolutions de Paris, rue Jacob. 180 pièces, plusieurs très-rares.

226 — Soixante-quatre portraits divers, Français et étrangers.

227 — Deux cent vingt-et-un portraits, format in-12, de personnages de tous états, Français et étrangers.

Portraits d'Artistes Peintres, Sculpteurs, Graveurs, etc.

228 — Simon Vouet, gravé à l'eau-forte par F. Perrier; belle épreuve.

229 — Jean Varin, graveur de médailles, par Edelinck; superbe épreuve.

230 — N. Poussin, gravé par Clouet et le même gravé par Potrelle.

231 — N. Poussin, Simon Vouet, Ch. Le Brun, peintres; Gérard Audran et G. Duchange, graveurs. 5 pièces

232 — Jean Pesne, graveur célèbre, 1672, peint par lui-même, gravé par Trouvain, 1698; belle épreuve, portrait rare.

233 — Martin, Charmois, directeur de l'Académie de peinture, d'après Bourdon, et Vincent Bertin d'après Largillière par Vermeulen et Simonneau.

234 — Roger de Piles, célèbre amateur, par Bernard Picard *fecit acqua forte*. Très-belle épreuve avant l'année de sa mort et avant les tailles sur la tablette, très-rare.

235 — Denon, deux portraits gravés à l'eau-forte par lui, un d'après Isabey; Gros peint par lui et gravé par Valot, épreuve avant la lettre, papier de Chine. Robert Lefèvre d'après Isabey, par Miger; épreuve avant la lettre. 4 pièces.

236 — Houasse d'après Tortebat, J.-A. Pelletier, peintre de portraits. 2 pièces.

237 — Jean Forest, d'après Larguillière, par Drevet.

238 — Anne-Gauthier de Loiscrolle, femme Aved, d'ap. Aved, par Balechou; très-belle épreuve.

239 — Charles de La Fosse, d'après Rigaud, par Duchange, 1807, belle épreuve.

240 — Antoine Coypel, gravé par Massé, 1747, très-belle épreuve.

241 — Vincent Bertin, d'après Largillière, Claude Hallé, d'après Legros, Cignaroli. 3 pièces.

242 — François Girardon, sculpteur, deux portraits d'après Rigaud et Vivien, par Duchange et Drevet.

243 — Robert le Lorrain et C. Van Clève, sculpteurs, d'après Nonotte et Vivien, par Tardieu et J.-B. Poilly; belles épreuves.

244 — Bouchardon, sculpteur, d'après Drouais, pour sa réception à l'Académie, en 1776; belle épreuve.

245 — Louis Galloche, peintre, d'après Tocqué, par J.-G. Muller; belle épreuve.

246 — Louis Galloche, peintre et Louis Leramberg, sculpteur, par Muller.

247 — Michel Anguier, sculpteur, d'après Revel, par Cars ; belle épreuve.

248 — Joseph Vernet, d'après Vanloo, 1768; Louis Tocque, d'après nature, par Cathelier.

249 — F. Boucher, Bay de Curi. 2 portraits d'après M. Cochin.

250 — Drouais, peintre, peint à Rome par Dumont et un tableau de lui sous le titre : L'agréable jeunesse ; ce sont les portraits des enfants de France.

251 — Girodet et ses élèves, lithographiés par A. Collin; Girodet, lithogr. par Boilly.

252 — Granet, J.-B Jonghe, Csse Vien, Van Assche. 4 pièces lithographiées.

253 — Sebron, Eugène Delacroix, Thomas Couture, Barye, Antonin Moine, Sigalon, Paul de La Roche, Van Spaendonck, Pradier, sculpteur, 9 portraits lithographiés.

254 — Jacques Callot, graveur, par Lubin; belle épr.

255 — Girardon, sculpteur, Jalliot, géographe, de Charmois, Houasse, peintre, Julien Le Roy, horloger. 7 portraits.

256 — Douze portraits de peintres, S. Vouet, G. Dow, par Ingouf, etc.

257 — Quatre-vingt-six portraits de peintres flamands et hollandais, pour l'ouvrage de Decamp, épreuves tirées sans le texte ; plusieurs de ces portraits par Fiquet.

258 — Mme Aved, par Balechou, N. Bertin, Christophe,

peintres, et Allegrain, sculpteur. 4 portraits
par Lépicié, Surague et Klauber.

259 — Lesueur, par Cochin, Robert de Cotte, par
Trouvain.

260 — Claude Gillot et Eustache Lesueur, peintres,
par Aubert et Cochin.

261 — Antoine Coypel, H. Rigaud, Louis de Boulogne,
Bon de Boullongne, Mignard, C. Vermeulen,
peintres, gravés par Massé, Chereau, Tardieu,
et Vermeulen.

262 — Jean de Troy, Jean Restout, N. Bertin, H. Collin de Vermont. 4 portraits par Salvador,
Lépicié, Moitte et Vallée.

263 — Chardin, peintre, gravé par Chevillet d'après
Chardin.

264 — Baccio-Bandinelli, Bassan, J. Bellin, Ann et
Aug. Carache, le Guerchin, Jules Romain,
C. Maratte, Léonard de Vinci, Polidore, Ti-
tien, Tintoret, Véronèse, etc., 15 pièces; de
ce nombre deux dessins.

265 — Tempeste, le Guerchin, Octave Léoni, Cavalier
Marin, etc. 5 portraits à l'eau-forte, par Octave Léonie, plus le portrait de Léoni gravé
par Cecechi.

266 — Raphaël, gravé par Jules Bonasone.

267 — Raphaël peint par lui-même, dessiné par B.
Desnoyers, gravé par Lesnier, 1838; épreuve
avant la lettre, papier de Chine.

268 — Tintoret, portrait rare; on lit au bas, dans un
cartouche : *Alexandro Victorio Classico sculp.*

et *archit.*, *Lud. Pozzosaratus Fland. invent.*
et *Dc. D.*

269 — Jean-Baptiste de Rubeis, peintre et éditeur d'estampes, 1790, peint par lui et gravé par F.
Novelli; rare.

270 — Quatorze portraits de peintres. L'Albane, Guerchin, Cignari, Ricci, etc.

271 — F. Hals, Gérard de Lairesse, Jean Steen et sa
femme, Téniers. 5 portraits.

272 — Balthazard Gerbier, Rubens, par Meyssens.

273 — Aldegrever, Jean Holbein, Lucas de Leyde,
Martin de Vos. 4 portraits de peintres et graveurs, par Stokius, Sadeler, etc.

274 — Martin Folkes, Seeman, Schalken, James Thorn-
hil, peintres, Delvaux, et Rysbrack, sculpteurs. 6 portraits gravés en manière noire
par Faber et Smith.

275 — Onze portraits de peintres qui sont à la galerie
Florence.

276 — Laurent Cars, Fr. Chauveau, S. Leclerc, graveurs, Peyronnet, ingénieur. 4 portraits.

277 — Antoine Pesne, peintre, gravé par Schmidt,
très-belle épreuve; la copie par Valperga,
Jeaurat, Vien, Colin de Vermont, et Mme Aved,
4 portraits de peintres.

279 — Canova, Visconti, Géricault, Avril, Thibault,
Desnoyers. 7 portraits d'artistes, sculpteurs,
graveurs, architecte.

280 — Girodet et Châteaubriand. 2 portraits.

281 — Gatteaux père, d'après M. Ingres, par M. Dien,

le camée de Ptolémée, dessiné par M. Ingres,
gravé par M. Desnoyers.

282 — Jules Romain par Vebe, Raphaël par Pannier,
Chistophe Colomb par Mercury, François Ier
par Leroux, Napoléon, pour l'iconographie de
Visconti; les deux dernières avant la lettre.

283 — Christophe Colomb, par Mercury, Fontaine,
architecte, M. Guizot. 3 pièces.

284 — Personnages allemands et flamands de tous
états. 20 portraits.

285 — Dix-huit autres, mêmes pays.

286 — Onze portraits de personnages flamands et hollandais, gravés par Vorsterman, C. Galle,
Bouttats, Delft, etc.

287 — Neuf portraits de personnages étrangers, Hus-
sein Pacha, Mis de Santangelo, Maurocor-
dato, etc.

288 — Catherine II, impératrice de Russie, représentée
en pied. Très-beau portrait.

289 — Guillaume III, roi de Prusse, Frédéric Guillaume, prince de Prusse, le comte Pozo di
Borgo. 4 portraits d'après Gérard, par
M. Forster, Lignon, Garnier etc., épreuves
avant la lettre.

290 — Alexandre Ier, l'archiduc Charles, Famille
d'Espagne, le pape Pie VII, etc.; 9 portraits
de personnages étrangers.

291 — Dix portraits de personnages allemands et flamands et quatre personnages romains d'après
Le Thiere.

292 — Le duc et la duchesse de Brabant, la duchesse

de Brantes et le portrait de Rubens. 3 pièces d'après Rubens.

293 — Treize portraits. Erasme, Ferdinand d'Autriche, Christine de Suède et un ambassadeur turc près la République française.

294 — Louis Ier, roi de Bavière, Guillaume III, roi de Prusse : deux portraits par M. Forster, le premier avant la lettre.

295 — Clément VII, pape, d'après C. Maratte, par Hall.

296 — Alexandre VII, par Spierre, Pierre de Marca, par Vauschuppen, Alex. Sperellus, par A. Clouvet. 3 pièces.

297 — Papes, 36 portraits.

298 — Sept portraits. Alfieri, Wieland, Bernardin de Saint-Pierre, etc., plus deux pièces, une de Norblin.

299 — Jean Wachtendouck, archevêque de Namur, d'après Van Lint, par P. Van Schuppen. Très-belle épreuve.

300 — Le Dante, le Tasse, l'Arioste, Pétrarque. 4 portraits gravés par Bernardi sous la direction de R. Morghen.

301 — Vander Linden, d'après Rubens, par D. Bergh F. aqua forte plus la contre-épreuve.

302 — Alphonse d'Est, duc de Ferrare; Adolphe Graff; Jean Charles Von Osterreich ; Athanase Rodolphe, par Pierre de Jode ; Adrien Pauw, grand pensionnaire de Hollande. 5 pièces.

303 — Jean Neyen, médecin d'Anvers, d'après Mire-
      velt, par Muller. Juste Lipsius, par Goltzius.
      2 pièces.
304 — La duchesse de Saint-Alban, d'après Kneller,
      par Smith. Madame de Ludre en falbalas;
      divers autres portraits de femmes, gravés à
      la manière noire par Schenk. 5 pièces.
305 — Personnages allemands et italiens, onze portraits
      par C. Vaumans, Pitteri, Vorsterman, Gunst.
306 — Portraits de personnages allemands. 12 pièces
      gravées au burin par L. Kilan, Wolff-
      grand, etc.
307 — Portraits de personnages allemands célèbres :
      noblesse militaire, de robe, ecclésiastiques,
      savants, etc. 45 pièces gravées au burin et à
      la manière noire. Deux lots.
308 — Quarante-neuf portraits de personnages de tous
      états, Allemands et Flamands.
309 — Portraits de personnages allemands par des gra-
      veurs du XVIIe siècle. 55 pièces.
110 — Portrait de Francklin. Épreuve avant la lettre.
311 — Prince Kourakin, prince allemand, portrait
      d'après Reynolds. 3 pièces.
312 — **Reynolds** (Sir Joshua). Lord Thurlew, lord
      Loughborough, Jean Ash. 4 pièces par F.
      Bartolozzi.
313 — Portrait de Bartolozzi, graveur, et de peintre;
      deux pièces d'après Reynolds, une coloriée.
314 — Misstress Turner, *The fortune Teller*, Miss Kitty
      Fischer dans le rôle de Cléopâtre, et Femme
      tenant un oiseau. 4 pièces.
315 — Duchesse de Malborough, l'allegro, lady Sarah,
      MM. Abington. 4 pièces en manière noire.
316 — Comtesse de Northumberland, duchesse de Mal-

borough, l'allegro, Malvina; cette dernière
d'après Harwey. 4 pièces.

317 — Anthoine Malone, J. Cust, lord Camder, et
autres portraits sans noms. Six pièces en
manière noire.

318 — Omai, personnage indien; l'Adoration des Ber-
gers, vitrail d'Oxford; Résignation, tête de
caractère. 3 pièces.

319 — Marquis de Gramby, colonel J. Blackwood, lord
Ligonier. 3 pièces.

320 — **Laurence** (Thomas). Lady Dower, gravée en
manière noire par Cousin.

321 — George II, George III et George IV, rois d'Angleterre; le dernier d'après S. Th. Laurence;
deux sont avant la lettre.

322 — Frédéric-Guillaume, prince royal de Prusse,
d'après Cuningham, par Cunego.

323 — George Keith, amiral, 1793, d'après Dancoux,
par Reynolds.

324 — Le duc de Wellington, d'après Gérard, 1814,
par M. Forster, 1818, après lettre grise.

325 — Le même portrait, avec la lettre, papier de
Chine.

326 — Duchesse de Devonshire, princesse Augusta de
Brunswich, comtesse de Waldegrave, duchesse d'Ancaster, et femme tenant un tricot.
8 pièces dont une d'après Maria Cosway.

327 — Antoine Leigh, moine espagnol, Nathaniel Buck,
Hemberhux, Geo. Coleman, avant la lettre;
Barrington, évêque de Durham. 5 pièces.

328 — Wellington, Ch. Marris, Th. Macdonough,
amiral, vicomte de Marin, et portrait d'un
jeune prince en costume écossais. 6 pièces.

329 — Duc de Buccleugh, marquis de Gramby, Caleb Whiteford. 4 pièces.

330 — Beckford, Townsend et J. Sawbridge, Ch. Pratt, J. Robinson 3 pièces.

331 — Le Chapeau de velours, la Sevillana; deux pièces gravées en Angleterre.

332 — Misstress Pritchard dans le rôle d'Hermione, par Aliamet.

333 — Garrick entre la Tragédie et la Comédie, d'apr. Reynolds; la même composition plus grande. 3 pièces.

334 — Docteur Galle, Lavater et une femme, singularité de la nature. 3 pièces.

335 — Léopold II, Ernest Loudon, Louis Pourtalès de Neufchâtel, et portrait de femme, le duc de Kent. 5 pièces.

336 — Vingt-sept portraits pour l'histoire d'Angleterre de Larey, d'après Van der Weff, y compris la vignette de Bernard Picart, de la mort de Marie Stuart.

337 — Rois d'Angleterre, Charles Ier et autres. Huit portraits.

338 — Jeanne Gray, Tombeau d'Henry Darnley, les Enfants d'Henri VII, le duc et la duchesse de Suffolk. 4 pièces par G. Vertue.

339 — Six portraits anglais par Bernard Picart et trois par Hollar.

340 — Nelson, amiral, d'après Bowyer, par Bromley; épreuve grise.

341 — Portraits de personnages anglais, d'après Laurence et autres. 13 pièces.

ÉCOLE FRANÇAISE

Peintres et Graveurs du XVIIIe siècle.

344 — **Aveline.** Le charme de la Musique. Belle épreuve.

345 — **Beaudouin** (P.-A.). Douze sujets galants.

346 — **Beauvarlet.** Télémaque dans l'île de Calypso; Les Chevaliers danois, d'après Raoux.

347 — Les Chevaliers danois, d'après Lagrenée ; épr. avant la lettre.

348 — **Beauvarlet.** Actéon métamorphosé en cerf et trois autres sujets de la fable, et allégorie d'après Lemens et Slodtz.

349 — **Beauvarlet.** Les Enfants de France, d'après Drouais

350 — **Benazed.** Le Prix de l'Agriculture, la Rosière, les Brigands. 3 pièces gravées en couleur, la 3e par Descourtis.

351 — **Bervic.** Louis XVI en pied, d'après Callet; belle épreuve sans être déchirée.

352 — **Bilcoq.** La Consultation apréhendée et retour de la Consultation. 2 pièces; épreuves avant la lettre.

353 — **Boucher.** Vénus et les Amours, l'Enlèvement d'Europe, le Plaisir de la Pêche, etc. Cinq pièces.

354 — Vulcain présentant à Vénus des armes pour Énée, d'après Boucher.

355 — Quatre pièces gravées par Demarteau.

356 — Le Marchand d'Oiseaux, par Daullé; belle épr. d'une jolie pièce.

357 — Triomphe de Vénus, la Ferme, Jeannette, Quoi!
pas même la main, etc. 6 pièces.

358 — La Nativité, etc. 3 pièces à l'eau-forte par
Huquier.

359 — Le Repos Champêtre, la Toilette pastorale, l'Air,
le Trébuchet, la Bonne aventure, etc. Cinq
pièces.

360 — La Mort d'Adonis, Jupiter et Calisto, l'Hiver,
l'Automne, etc. 6 pièces.

361 — **Boilly.** Minets aux aguets, la Douce Résis-
tance, etc. 3 pièces, une coloriée.

362 — **Bounieu** (d'après). L'Innocence sous la garde
de la Fidélité, gravée par Ponce. Jolie estampe.

363 — **Caresme** (Philippe). Le Philosophe chari-
table. Très-belle épreuve.

364 — **Carmontelle,** 1765. La Famille Calas.

365 — **Chardin.** La Gouvernante par Lépicié; les
Osselets, et quatre petites eaux-fortes d'après
ce maître.

366 — **Coypel.** Les Aventures de don Quichotte.
18 pièces, plus Clytie.

367 — **Debucourt** (d'après). La Cruche cassée, la
Cuisinière et la Dévideuse italienne, d'après
Robert. 3 pièces.

368 — **De Troye.** Jupiter et Sémélé. — Jupiter et
Antiope, d'après Le Barbier.

369 — **De Troye.** Suzanne, Péché de David. Deux
pièces par Demarne et Cars.

370 — **Eisen.** Les Désirs satisfaits, la Gageure des
trois Commères, l'Attente du moment, la
Malice enfantine, etc. 6 pièces.

371 — **Fragonard.** L'Armoire, belle épreuve avant
la lettre. Rare.

372 — **Fragonard** (d'après). La Gimblette. Rare.

373 — La Bascule, gravée par Beauvarlet, la Famille
du Fermier. Cinq pièces, deux lots.

374 — La Bonne Mère, gravée par Delaunay. Belle
épreuve.

375 — **Gillot.** Fêtes de Faunes, à Cérès, à Diane et
à Bacchus; suite de quatre pièces à l'eau-
forte. Très-belles épreuves avec l'adresse de
de Larmessin, avec grandes marges.

376 — Trois pièces de sorcellerie. Belles épreuves
avant toutes adresses.

377 — La Naissance, l'Education, le Mariage et les
Obsèques. 4 pièces belles.

378 — **Gillot** (d'après). Onze pièces diverses.

379 — **Greuze.** L'Accordée de village, par Flippart;
épreuve avant la lettre. Rare.

380 — Le Geste américain, par Moitte. Belle.

381 — La Savonneuse, la Servante congédiée, les Fer-
miers congédiés, la Paresseuse. 4 pièces.

382 — La Lecture de la Bible, le Petit Frère, la Mère
en courroux, la Méditation, l'Enfant gâté, etc.
13 pièces, deux lots.

383 — Le Paralytique, par J.-J. Flippart.

384 — La Dame bienfaisante, l'Ermite, le Gâteau des
Rois.

385 — Le Fils puni, épreuve avant la lettre.

386 — **Heillmann** (D'après). Le Bon Exemple et
Pendant. 2 pièces.

387 — **Huet** (J.-B., d'après). Jeux d'enfants. 12 p.,
par Bonnet, imprimées en couleur.

388 — **Huet** (D'après). Retour du marché, Offrande
à Vénus, Triomphe de Galatée, etc. 6 pièces
coloriées.

389 — **Lagrenée.** La Peinture, Pygmalion. — La

Nouvelle Héloïse, d'après Fèvre ; Offrande à la Vertu, par Raoux. 5 pièces.

390 — **Lancret** (D'après). Le Gascon puni, les Troqueurs, le Feu, l'Hiver, etc. 8 pièces.

391 — **Lawreïnce** (N.). Sujets galants. 6 pièces.

392 — **Leclerc fils des Gobelins.** Les cinq Sens, l'Enlèvement d'Europe.

393 — Mardochée, les Arts libéraux. 6 pièces gravées par Jeaurat.

394 — **Lemoyne.** Hercule et Omphale, Persée et Andromède, etc. 5 pièces.

395 — **Lempereur.** — L'Attente du plaisir, d'apr. An. Carrache.

396 — **Le Prince** (D'après). L'Enfant chéri, le Joueur de balalaye. 4 pièces.

397 — **Mallet.** Comment l'esprit vient aux filles, Comment l'esprit vient aux garçons. 2 pièces.

398 — **Moreau** le jeune. Henri IV chez Michau, vignettes diverses. 28 pièces.

399 — Déclaration de la grossesse, l'Accord parfait.

400 — **Natoire** (D'après). Amphitrite, Vénus et Énée, et 4 pièces d'après Mignard. 6 pièces.

401 — **Oudry.** Six pièces du Roman comique.

402 — **Pater.** Histoire de Ragotin, la Matrone d'Éphèse, etc. 4 pièces.

403 — **Pierre** (D'après). La Savoyarde, la Lanterne magique, etc. 5 pièces.

404 — **Porporati.** La Susanne, d'après Santerre.

405 — Le Coucher, d'après Vanloo. Épr. av. l. l.

406 — Susanne, Garde à vous, Clorinde et Tancrède. 3 pièces.

407 — **Prud'hon.** Le Zéphir, par Laugier.

408 — Le Coup de patte du chat.

409 — Constitution française.

410 — Le Triomphe de Trajan et une frise. 2 pièces,
d'après Prud'hon.

411 — L'Enlèvement de Psyché.

412 — La Justice divine poursuivant le Crime. Épr.
avant la lettre, papier de Chine, par Gelée.

413 — Mange, mon petit, et les jolis petits Chiens.

414 — La Famille malheureuse, par Caron. Épr. avant
la lettre.

415 — La même, avec la lettre.

416 — Innocence et Amour.

417 — Cérès cherchant Proserpine. Dessinée par P.-Paul
Prud'hon et gravée à l'eau-forte par le baron
de Joursanvaut. Cette pièce est dédiée à Ma-
dame la baronne de Heinitz, dont les armes
sont au milieu du bas. Cette estampe, dans
la marge de laquelle sont divers essais de
points, figures et paysages, est de la plus
grande rareté et manque à toutes les œuvres
de Prud'hon. M. Villot ne la cite pas dans le
Catalogue de l'œuvre de ce maître, publié
dans le *Cabinet de l'Amateur*.

418 — La Famille malheureuse. Lithographie pour le
journal *la Mode*. 2 épr., une première avant
la retouche.

419 — Cinq vignettes gravées par Copia pour *J.-J.
Rousseau*. Épr. avant la lettre. Rare.

420 — Les cinq mêmes avec la lettre, plus un portrait
par Copia.

421 — La Vertu aux prises avec le Vice. Gravé par Copia. Épr. avant la lettre.

422 — La même, avec la lettre et le pendant; l'Étude,
L'Amour réduit à la raison, Cérès, le Cruel
rit des pleurs qu'il fait verser, des Enfants, etc.

8 pièces par Copia et Prud'hon fils. Plusieurs avant la lettre et rares.

423 — L'Amour réduit à la raison et le Cruel rit des pleurs qu'il fait verser. 2 pièces par Copia. Épr. avant la lettre.

424 — Frontispice pour les œuvres de Racine.

425 — Triomphe de Trajan, la Liberté, Christ en croix et Portement de croix. 5 pièces par Copia, Roger et Reynolds; plus, un sujet à la mémoire de Prud'hon, d'après M. de Boisfrémont.

426 — Assomption de la Vierge, l'Impératrice et vignettes pour *Gentil Bernard*, *Paul et Virginie* et *Daphnis*. 9 pièces par Roger, etc.

427 — Vint-et-une pièces d'après les tableaux et dessins de Prud'hon, lithographiées par divers artistes. 2 lots.

428 — **Rioult** (D'après). Huit sujets gracieux gravés en manière noire.

429 — **Schenau**. L'Amour maternel, le Moulin d'attrape. — La jeune Pèlerine, l'Amour maternel. Ces deux dernières d'après Peters.

430 — **Tardieu** (Alexandre). Portrait d'Alexandre Iᵉʳ. Belle épr. Rare.

431 — **Vanloo**. L'Amour menaçant, la Sculpture. — Le petit Pèlerin, d'apr. Raoux, etc. 4 pièces.

432 — Mars et Vénus, la Mort d'Adonis, d'ap. Boucher. 2 pièces.

433 — **Verdier** (D'après). Les quatre Saisons, par J. Haussard. Belle épr.

434 — **Vien** (D'après). Offrande à Vénus et à Cérès, l'Offrande ingénue, Dédale et Icare, etc. 5 p.

435 — **Wleughels** (le chevalier). La Jument du
    compère Pierre, l'Amour indiscret, etc. 4 p.

436 — **Watteau**. La Signature du contrat.

437 — Les Champs Élysées, par N. Tardieu. Belle épr.

438 — Antoine Delaroque, par Lépicié. Très-belle épr.
    avec grande marge.

439 — Les quatre Saisons.

440 — Les mêmes, copie allemande.

441 — Vénus blessée par l'Amour, gravée d'après un
    plafond. Rare.

442 — Quatre panneaux arabesques. Rares.

443 — **Wille fils**. Petit Vauxhall.

444 — L'Essai du Corset, Dédicace du poëme épique,
    Amusement du jeune âge. 3 pièces. Belles
    épreuves.

445 — Les Joueurs, l'Essai du corset, Tom Jones. 3 p.

Divers maîtres de l'École française, XVIIIe siècle.

446 — Trente-quatre vignettes françaises, Cochin et
    autres.

447 — Seize pièces diverses d'après Descamps, Mo-
    reau, etc.

448 — Quatorze pièces, gravées à la manière du crayon,
    par Demarteau et autres. Imprimées en rouge.

449 — Dix pièces en couleur, d'après Van Gorp et au-
    tres, dont l'Inattention, le Déjeuner de Fan-
    fan, etc.

450 — Douze pièces gravées au pointillé, d'après An-

gélica Kauffman et autres. Plusieurs coloriées.

451 — Neuf pièces en couleur : vues diverses, d'après
Demachy et autres.

452 — Dix-huit pièces en couleur et au lavis, par Bonnet et autres.

453 — Neuf pièces, diverses compositions : la Chute
d'eau, Défilé, l'Abreuvoir, etc. 2 lots.

454 — Études de femmes, de têtes et de paysages.
36 fac-simile de dessins gravés par Caylus.
Cet article sera divisé.

455 — Le Transport des Filles de joie à l'hôpital, d'a-
près Jeaurat, et 2 pièces d'après Van Falens.

456 — Cinq pièces d'après Vanloo, Boullogne, Au-
treau, etc.

457 — Trois pièces : Pygmalion, le fleuve Scaman-
dre, etc. Lithographies.

458 — Dix pièces galantes, d'après Chale, Delorme,
Queverdo, Monnet, etc.

459 — L'Amour quêteur, la Liseuse, Louisa, Convention du mariage, le Double Engagement,
l'Écolier, etc. 10 pièces.

460 — Le Concert, d'après Courtin ; Didon, d'après
Chale, etc. 4 pièces.

461 — Quatre pièces, d'après Fragonard, Vien, etc.;
le Pèlerinage à Saint-Nicolas.

462 — Quatre pièces, Boucher et Fragonard.—Quatre
pièces : les Grâces, Invocation à Priape, Invocation à l'Amour.

463 — Douze pièces galantes, par Borel, Chale, Freu-
denberg, Mlle Gérard, etc.

464 — Louis XV, d'après Parrocel; autres, d'après Le-
moine. 2 pièces.

465 — Trente - huit pièces détachées du Sacre de
Louis XV, grand in-folio, dont 24 de cos·
tumes.

466 — Dix-neuf costumes époque Louis XVI.

467 — Les Ouvrières et États de Paris au xviiie siècle.
58 vignettes.

468 — Tous les articles omis.

MAULDE et RENOU, imprim. de la Compagnie des Commissaires-
Priseurs, rue de Rivoli, 144.   10,963